Nous remercions la SODEC
et le Conseil des Arts du Canada
de l'aide accordée à notre programme de publication
ainsi que le gouvernement du Québec
– Programme de crédit d'impôt
pour l'édition de livres
– Gestion SODEC.

Nous reconnaissons l'aide financière
du gouvernement du Canada
par l'entremise du Fonds du livre du Canada
pour nos activités d'édition.

Illustrations :
Louise Catherine Bergeron

Maquette de la couverture :
Grafikar et Mélanie Perreault

Édition électronique :
Infographie DN

Dépôt légal : 1er trimestre 2013
Bibliothèque et archives Canada
Bibliothèque nationale du Québec

1234567890 IM 09876543

Fille des villes, fille des champs

COLLECTION
PAPILLON

**Catalogage avant publication
de Bibliothèque et Archives nationales du Québec
et Bibliothèque et Archives Canada**

Tremblay, Dominique, 1961-

    Fille des villes, fille des champs

    (Collection Papillon ; 185. Roman)
    Pour les jeunes de 9 à 12 ans.

    ISBN 978-2-89633-229-8

    I. Bergeron, Louise Catherine, 1958- . II. Titre.
    III. Collection : Collection Papillon
    (Éditions Pierre Tisseyre) ; 185.

PS8639.R45F54 2013   jC843'.6   C2012-942776-4
PS9639.R45F54 2013

Fille des villes, fille des champs

roman

Dominique Tremblay

**ÉDITIONS
PIERRE TISSEYRE**
w w w . t i s s e y r e . c a

155, rue Maurice
Rosemère (Québec) J7A 2S8
Téléphone : 514-335-0777 – Télécopieur : 514-335-6723
Courriel : info@edtisseyre.ca

À la mémoire de mon père,
Jacques Tremblay, peintre.

Et mille mercis
à mon grand frère Daniel
pour ses précieux conseils.

1

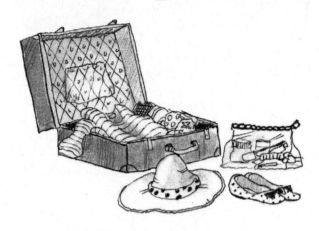

Entente
à l'amiable

Ils m'ont dit oui ! Aussi incroyable que si le monstre Memphré était apparu dans notre piscine un soir d'été, mes parents, ces êtres adorables, ont exaucé mon vœu ! Le numéro deux de mes trois grands rêves ! Ma victoire n'a pas été facile. Depuis le début des vacances, j'ai imploré mes parents matin, midi et soir sans la moindre lueur d'espoir. Puis hier, en me réveillant, un éclair de génie m'a traversé l'esprit.

> ### Contrat
>
> Mes chers parents,
>
> Je m'engage, si la réponse à ma demande est oui, à être archi prudente chaque seconde des sept journées passées loin de vous. N'oubliez pas que j'ai maintenant douze ans !
>
> Je jure, croix sur mon cœur, qu'à mon retour dans sept jours, je m'occuperai de mes jeunes frères sans protester jusqu'à la fin de l'année.
>
> Roxanne Veilleux

Mon père a été le premier à lire mon contrat. Pressé, la main sur la poignée de la porte d'entrée, son hésitation n'a pas duré longtemps. Mon papa chéri m'a dit oui ! Sauf qu'avant de s'en aller, il a ajouté une phrase qui a tout gâché :

— Bien sûr, j'accepte l'entente... si ta mère est d'accord !

Je me suis donnée corps et âme pour la convaincre et malgré tous mes efforts, ma mère s'interrogeait toujours en fin de soirée. À court d'arguments, je me suis couchée blottie contre mon chien en peluche noir, découragée. Un séjour chez ma tante Annabelle, à Montréal, ce n'est quand même pas une expédition dans la jungle amazonienne !

Et puis ce matin, autour de la table de cuisine, un miracle s'est produit.

— Nous avons bien réfléchi, Roxanne. C'est oui.

J'ai failli m'étouffer avec ma bouchée. Ma mère m'a regardée un long moment. Je pouvais lire dans ses yeux bleus perçants un nombre record de scénarios catastrophiques. Mon père, lui, m'a fait un clin d'œil en avalant sa gorgée de café. Mes jeunes frères, Matis et Félix, sont restés silencieux, ce qui est plutôt rare. Je me suis précipitée dans les bras de ma mère pour la serrer très fort, alors que mon père a eu droit à une avalanche de becs. De retour à ma place, mon appétit avait disparu. À cet instant précis, j'étais déjà ailleurs. Ma tête flottait dans les nuages, pas ceux d'ici que je connais trop bien, mais ceux qui planent au-dessus des gratte-ciel de la grande ville.

— Par contre, Roxanne, il n'est pas question que tu prennes deux autobus toute seule pour te rendre à Montréal. Nous irons te mener en voiture à Québec, à la gare du Palais.

— Maman ! Je n'ai quand même pas deux ans !

Mes parents sont demeurés intraitables sur ce point. Au moins, ils ont dit oui !

Quelques heures plus tard, je tiens d'une main ma valise bleu poudre, tandis que mon sac de voyage rose fluo pend dans mon dos. Sous le poids des bagages, mais transportée par un immense bonheur, je descends à petits pas l'escalier de notre véranda. Des deux côtés de l'allée, de nombreuses pivoines blanches croulent de chaleur et tout près, notre généreux potager déborde de légumes et de fines herbes. Avec tout ce qui pousse dans notre jardin, je suis condamnée à manger des aliments sains tous les jours de l'année. Par chance, ma tante Annabelle a promis de me faire déguster des spécialités montréalaises, comme le célèbre sandwich à la viande fumée de chez Schwartz's, un restaurant qui existe depuis 1928! Miam! Sauf qu'en attendant ce savoureux moment, je dois affronter le long calvaire en voiture en compagnie de mes frères.

Avant d'embarquer dans l'auto, je regarde tout autour, comme si je partais pour toujours. La grange, teinte en orange, est aussi vieille que le fameux casse-croûte montréalais. Notre bâtiment de ferme sert également d'étable à nos trois vaches. Il y a Blandine, de la même couleur qu'un cachet d'aspirine, que je surnomme pour rire « Blandine la pas fine », parce qu'elle obéit souvent avec un léger décalage. Odélice, elle, broute du foin comme quatre et ses pis, énormes, pendent de son gros ventre noir. Lorsqu'elle me voit, Odélice cherche à me lécher la main avec sa langue épaisse et rugueuse. Elle n'a pas oublié le cornet de crème glacée que je lui ai fait goûter l'année passée! La dernière, Mousseline, au cuir ni blanc ni jaune pareil à de la purée de pommes de terre, a de grands yeux globuleux qui louchent. Tout près de nos vaches, notre jeune cheval Nova possède un enclos intérieur. Sa crinière est plus noire que l'ébène, sa robe brune, sauf une petite tache blanche au milieu du front qui scintille autant qu'une... nova ! Il y a aussi, cachée je ne sais où dans la grange, une famille de souris qui s'amuse à narguer nos vieux chats, Maurice et Françoise. Je sais, drôles de noms pour des chats. C'est que ma grand-mère, voilà dix-sept ans, avait donné à ma mère ces chatons baptisés ainsi, et que ma mère est allergique aux changements. Donc Maurice, aux courts poils gris, ronronne à la manière d'un vieux moteur sur le point de s'éteindre et passe la majeure partie de sa vie à dormir. Les souris filent sous son nez sans qu'il bouge d'un poil. Françoise, une éternelle coquette, entretient son pelage blanc tacheté de noir, de brun et de gris. Elle se pomponne jusqu'à ce qu'elle soit satisfaite, sans s'occuper, elle non plus, de nos petits rongeurs.

Tout en haut de la grange, dans une vaste mezzanine, se trouvent mon refuge et un paquet d'araignées. Mes colocataires aiment bien se camoufler parmi les meules de foin empilées jusqu'au plafond et parfois, question de s'amuser un peu, elles sortent de leurs cachettes pour me chatouiller. Elles en profitent lorsque je suis concentrée, un crayon à la main, sur ma feuille à dessin. J'adore faire des croquis de toutes sortes et, dans ce grenier, j'ai la sainte paix. Mon père m'a installé un vieux pupitre d'écolier sous une petite fenêtre ronde, entre deux montagnes de foin. Il a aussi posé tout près de mon pupitre un fauteuil en cuir brun à bascule super confortable. Ma mère l'a déniché dans une vente-débarras, et l'a payé un prix dérisoire à cause de deux ou trois brûlures de cigarettes. Je l'appelle mon fauteuil à réflexions. Aussitôt que je m'y assois, je me mets à rêvasser à tout et à rien, incapable de lire, encore moins d'étudier. Et quand j'ai les idées noires, c'est là que je me réfugie. Mon royaume est peut-être un grenier plein d'araignées aux pattes effilées, mais au moins, mes frères brillent par leur absence. Les jumeaux ont une peur bleue de mes petites amies!

Je jette un dernier coup d'œil au loin. Un vieux saule pleureur, au milieu de notre terre, se donne des airs de seigneur. Ce géant tient une balançoire à bout de bras. Lorsque je suis certaine que Félix et Matis ne sont pas dans les parages, je vais m'y asseoir de longs moments soit pour y lire tranquille, soit pour me balancer le plus fort possible. Tout dépend comment je me sens. Et au fond du terrain, une armée de sapins se déguisent en fantômes l'hiver. Quand leurs branches trop lourdes croulent sous la neige, ces conifères se transforment en spectres glacials. À la pleine lune, l'effet est hallucinant! Puis, tout autour de nous s'étend une mer de montagnes, rien que des montagnes.

— Adieu, village perdu. Vive Montréal!

— S'il te plaît, Roxanne, arrête de dire des bêtises! Monte, nous partons.

Ma mère tient la porte de l'automobile ouverte, l'air contrarié. Pourtant, j'ai juste exprimé le fond de ma pensée. Depuis ma naissance, je vis encerclée par ce paysage dont la palette se limite aux couleurs primaires: l'éternel bleu du ciel, le jaune des champs ou le rouge des feuillages à l'automne. Au village, aucune couleur flamboyante ne décore

16

les devantures des magasins, les tons neutres ayant la cote.

Ce que je veux voir, moi, c'est le gris métallique des édifices de cent étages et les milliers de néons multicolores de la métropole !

Je désire aussi rencontrer des gens différents. Ici, à Saint-Aimé-des-Lacs, la population tourne autour de mille cent cinquante-huit habitants, un peu plus durant la saison touristique. Nos voisins les plus proches, les Turcotte, vivent à un kilomètre de notre maison. Depuis une dizaine d'années, ils n'ont plus d'animaux à la ferme sauf leur chienne qu'ils adorent, Louna. De temps en temps, je vais jouer avec elle. Ma meilleure amie Aurélie demeure au centre du village, à vingt-cinq minutes de vélo. L'hiver, j'ai l'impression qu'elle habite au bout du monde. Je m'ennuie à mourir. Le silence m'empêche de dormir. Bien sûr, j'entends nos vaches beugler à tout propos, notre cheval hennir en nous voyant et nos chats miauler à fendre l'âme. Sans parler de notre coq Charlie, éternel lève-tôt qui nous réveille à l'aube, et de la demi-douzaine de poules qui caquètent avec lui sans arrêt. Moi, ce que je souhaite entendre de tout mon cœur, c'est le bruit de milliers de klaxons dans mes oreilles !

Cent trente interminables kilomètres nous séparent de la capitale nationale où se trouve le terminus d'autobus. Je dois survivre une fois de plus à un parcours en voiture flanquée de mes frères jumeaux de sept ans qui n'ont, en âge mental, pas plus de quatre.

— Roxanne, est-ce qu'on joue au jeu des devinettes ?

— Une autre fois, Matis…

— Dis oui. S'il te plaît !

— Félix, j'ai dit non. À mon retour, je vous promets que je jouerai à tout ce que vous voudrez.

Malgré ma promesse, mes frères continuent de me harceler. Assise entre les deux, j'ai la désagréable impression d'être un pot de miel convoité par deux abeilles. Au secours !

Mes oreilles bourdonnent toujours lorsque je prends place dans l'autocar express vers Montréal. Je tiens mon sac à dos contre ma poitrine, pas tout à fait encore à l'aise. À travers la vitre, j'aperçois ma famille. Depuis ce matin, ma mère semble avoir vieilli de dix ans. Elle porte son tailleur gris, celui des grandes occasions, et a noué ses longs cheveux bruns en chignon. J'ai presque envie de sortir en courant pour la prendre dans mes bras. Mon père, lui, se cache derrière ses grosses lunettes fumées un peu démodées. Son sourire généreux, sous sa forte barbe rousse, est presque aussi

large que son visage. Tous les deux m'adressent de timides gestes d'adieu. Mes frères, infatigables, se livrent à un concours de grimaces en se tortillant, tentant de me faire rire. Mais mon esprit se trouve déjà loin, à mille lieues de leurs mimiques idiotes.

Pour la première fois en douze ans, je vais enfin goûter au plaisir de la grande ville sans eux, en compagnie de ma tante Annabelle, la plus jeune des sœurs de ma mère. Elle m'attend à Montréal, à la gare d'autocars. Les portes de l'autobus se referment au moment même où le bruyant moteur démarre. Le nez collé à la vitre teintée, je vois les silhouettes de ma famille s'éloigner. J'aimerais être triste, au moins un petit peu, sauf que mes craintes du début ont toutes disparu. À présent, je me sens prête à conquérir le monde! Mon corps survolté se trémousse sur le siège, mes jambes se balancent aussi vite que la queue d'un chien. Ma joie va exploser!

— Désolé, euh... Pourrais-tu cesser de bouger comme ça? dit mon voisin. Je voudrais dormir.

Je me transforme sur-le-champ en statue de sel.

Une, deux, trois, quatre, cinq, six, sept secondes s'écoulent quand, tout à coup, une terrible menace me pend au bout du nez. J'ai l'impression d'avoir une armée de fourmis dans les narines. Ça chatouille, ça chatouille, je vais... atchoum! Super gênée, sentant la morve couler, je renifle en cherchant des mouchoirs dans mon sac à dos. Dans le compartiment en avant, le néant; dans les poches des côtés, rien pour me moucher. Alerte maximum! Une goutte salée menace de s'infiltrer à travers mes lèvres pincées. Désespérée, je touche le fond de mon sac. Je tâte enfin un paquet de mouchoirs, aussi heureuse que si je venais de découvrir un trésor. J'essaie d'être discrète, mais mon voisin me lance tout de même un regard dégoûté.

En toute vitesse et en toute discrétion, je sors de mon sac mon carnet à croquis, un crayon à mine et ma bouteille d'eau. Je dépose enfin mon sac à mes pieds tout en risquant un coup d'œil vers ma droite. Il a une drôle de tête, mon voisin. Elle est trop ovale, pareille à un œuf étiré par les deux bouts. Sur le dessus, coupés en brosse, ses cheveux roux tirent sur le rouge carotte. Quant à ses yeux, qui oscillent entre le bleu et le gris, ils ont la forme d'un losange. Il a l'air grand, aussi, presque maigre, et doit bien frôler la trentaine. Au bout d'un moment, ce voisin antipathique ferme les paupières sans autre commentaire. Bon débarras !

La ville de Québec est derrière nous à présent. Il reste plus ou moins deux heures avant notre arrivée. Mon carnet à croquis sur les genoux, je réfléchis à un sujet. Soudain, une image apparaît en gros plan dans mon esprit : celle du cousin d'Aurélie, Thierry. Il habite avec ses parents aux États-Unis depuis de nombreuses années déjà. Je l'ai rencontré l'été passé lors d'une fête familiale chez Aurélie. En plus d'être très drôle, Thierry me dépassait d'une tête, ce qui est un bon point, et il avait un petit quelque chose de différent des autres garçons que je connais. Il m'a même dit, lorsque je me préparais à partir, qu'il espérait me revoir un jour. Ça m'a mise tout à l'envers. Je ne l'ai jamais oublié.

Mon voisin tousse. Ses paupières demeurent fermées. Je m'aperçois avec horreur que mon avant-bras, sur l'accoudoir, frôle le sien. J'enlève tout de suite le mien, comme si je venais de me brûler, puis je replonge mon nez sur ma feuille à dessin. Tiens, j'ai une idée qui va me ramener sur terre. Je vais m'inspirer de mon compagnon de voyage, en y ajoutant des touches amusantes. Cet homme me fait penser à un tableau qui m'avait impressionnée lors d'une sortie scolaire au musée. Le prénom du peintre m'échappe, mais je crois que son nom était Pellan[1]. Il a réalisé une toile vraiment *tripante*. Pour commencer, je dessine le visage trop ovale de mon voisin, sans oublier ses cheveux raides comme les poils d'un balai. Je trace ensuite un nez tout à fait ordinaire, peut-être un peu long. Je reproduis ses yeux en losange, en trois exemplaires superposés. Si j'ai bonne mémoire, le sujet de la toile au musée regardait en haut avec la première paire, droit devant avec la deuxième et par terre avec la troisième. Le modèle possédait trois bouches, elles aussi superposées. Celle sous le nez souriait, l'autre bouche en dessous était inexpressive, alors que la dernière exprimait le chagrin.

---

1. Alfred Pellan (1906-1988) était un peintre, illustrateur et costumier québécois. Il a peint cette toile, intitulée *Tête de clown*, vers 1941.

— Il est bizarre, ton dessin.

Je lève la tête. Une voix toute délicate s'est faufilée à travers les ronflements de mon voisin. En haut du dossier, en face de moi, j'aperçois de longs cheveux blonds qui flottent. Puis le visage d'une fillette de six ou sept ans apparaît. Elle me dévisage sans gêne et son sourire angélique s'élargit. Dans son regard bleu ciel, il y a un je ne sais quoi de diabolique. Tout à coup, comme d'une boîte à surprises, surgit à côté d'elle... sa jumelle !

2

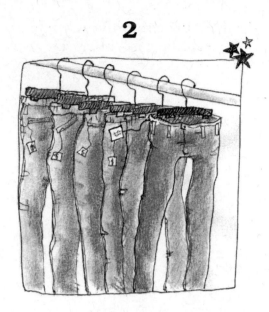

Sur mes gardes,
en gare

Je déclare forfait. J'abandonne mon projet de dessin, vaincue par ces jumelles aussi hyperactives qu'insupportables. Elles ont ri à gorge déployée à chacun de mes coups de crayon tout en me bombardant de commentaires dévastateurs. J'ai peine à le croire, mais à côté d'elles, mes frères sont des anges. Pour avoir la paix le restant du trajet, je prends mon MP3 et j'écoute ma musique tout en fermant mes yeux à double tour.

Montréal! Nous sommes arrivés! Aussitôt mes écouteurs enlevés, le bruit des klaxons envahit mes tympans. Génial! Mon voisin se lève d'un bond, fusille du regard les jumelles avant de se diriger vers la sortie. Je le suis rapidement, désireuse de fuir moi aussi ces deux petites pestes. Et de voir enfin Annabelle, la ville, les gens, les nombreux restaurants et les grands magasins! Tout en dévalant les marches du véhicule, je cherche ma tante des yeux. À première vue, aucune trace d'elle. En attendant de récupérer ma valise rangée sous l'autobus, j'observe les alentours. Au moins une trentaine de personnes sont entassées le long du quai d'arrivée. Annabelle, qui mesure à peine un mètre cinquante, a sans doute du mal à se frayer un chemin. En plus, ma tante est loin d'avoir la carrure d'un joueur de football. Je dirais plutôt qu'elle ressemble à un de ces roseaux qui poussent dans nos fossés.

Moi, je suis grande, et mon père affirme à qui veut l'entendre que mon corps athlétique est idéal pour les travaux de la ferme. Mais en ce moment, ma vie de fermière est bien loin et tout ce que j'ai en tête, c'est l'achat que je compte faire cette semaine. En courant les boutiques avec Annabelle, j'ai bien l'intention de trouver LA paire de jeans, celle qui m'ira comme un gant et qui rendra jalouses les filles de mon école, le jour de la rentrée. Je veux que mon jean soit unique, qu'il se distingue de ceux que ma mère commande par catalogue. J'ai économisé cent dollars, j'espère que ce sera suffisant. Je suis impatiente de la revoir, Annabelle, d'autant plus que c'est une vraie accro aux nouvelles tendances de la mode. Ma tante a un look d'enfer! J'avoue que je l'envie toujours un peu quand je visionne des photos d'elle sur Facebook. Ses vêtements sont si originaux! Mais là, tout ce que je souhaite, c'est de la voir apparaître en chair et en os, bien vêtue ou pas.

Le chauffeur me tend ma valise, la dernière de la soute à bagages. Il jette un coup d'œil à sa montre, puis sort de la poche de sa chemise un carnet qu'il consulte avec attention.

— Comment t'appelles-tu ?

— Roxanne Veilleux.

Je sais que mon nom n'est pas sur sa liste car, pour une fois, ma mère m'a fait confiance. Elle ne m'a pas inscrite au programme pour enfants de huit à douze ans voyageant seuls. Le chauffeur remet son carnet dans sa poche en me souriant. Ce monsieur a l'air d'un bon père de famille qui se demande ce que je fais encore là toute seule. Je dois déguerpir au plus vite avant qu'il ne fasse du zèle. Le plus naturellement du monde, sentant son regard me suivre, je me dirige vers la porte de la gare la plus proche. Aussitôt le seuil franchi, je repère un banc libre. Ouf! Le chauffeur ne m'a pas filée jusqu'ici.

Je dépose ma valise à terre, mon sac à dos par-dessus et je m'assois sur le bout des fesses, inquiète. Surtout, surtout, ne pas paniquer.

En tout cas, pas tout de suite.

3

Bienvenue
à Montréal !

Si je me fie à ma montre, Annabelle a plus ou moins vingt minutes de retard. Je ne sais pas quoi faire. J'ai souvent harcelé ma mère pour avoir un téléphone cellulaire, au cas où, mais elle m'a toujours répondu que c'est trop cher. Et comble de malheur, je n'aperçois aucun téléphone public. Il faut à tout prix que j'essaie de joindre Annabelle. Surtout pas ma mère, qui s'affolerait aussitôt et alerterait toute la ville, peut-être même les policiers. Bon! Pour trouver un appareil téléphonique, je dois m'éloigner d'ici et ma tante, qui devrait arriver d'un instant à l'autre, va paniquer en ne me voyant pas. La logique me dicte de l'attendre encore un peu, après je verrai.

Pour me changer les idées, qui commencent à être noires, je lis ma revue et je grignote la barre de gruau aux canneberges que ma mère a mise dans mon sac de voyage. Les émotions, ça ouvre l'appétit! Cet article sur mon acteur préféré est très intéressant... Taylor Lautner, le sublime loup-garou dans *Twilight*, est vraiment trop mignon sur cette photo! Je pourrais le contempler pendant des heures et des...

— Attention!

J'avale ma bouchée d'un coup, mon magazine glisse à mes pieds tandis que j'essaie de regarder partout à la fois. Je vois alors un vieux monsieur qui pointe le doigt vers l'allée où un type s'enfuit avec... mon sac à dos rose fluo!

Je me lève d'un bond en criant comme une folle :

— Mon sac! Mon sac!

Sans réfléchir, je me mets à courir après le voleur. Après avoir franchi cent mètres à travers de nombreux obstacles, à bout de souffle, j'abandonne. Je reste plantée au beau milieu de l'allée, en état de choc, réalisant avec stupeur ce qui vient de m'arriver. À deux doigts de pleurer, sentant sur moi le regard des gens, je retourne vers mon banc. Je n'arrête pas de penser à mon sac à dos, à mon MP3, à mon... Nooon! Ma valise! S'il fallait que...

Quand j'aperçois de nouveau mon banc, je n'en reviens pas. Ma valise est toujours là! Je me dis que le monde n'est pas si pourri que ça.

— Roxanne?

— Euh...

— Je suis l'amie d'Annabelle. Je m'appelle Cybèle. Désolée pour mon retard.

— Qu'est-ce qui se passe?

— Rien de grave. Ta tante a eu un petit accident.

— Qu'est-ce qui lui est arrivé?

— Elle s'est cassé une cheville. Je te raconterai tout en route vers l'hôpital. Avant, nous allons déposer ta valise chez nous.

— Chez vous?

— J'habite avec Annabelle depuis trois mois.

— …

J'étais au courant que ma tante avait une nouvelle blonde, mais j'ignorais qu'elles restaient ensemble. Ma mère aurait pu me le dire.

— Roxanne, le taxi nous attend. Mais… tu trembles?

Mes yeux sombres sont aussi pleins d'eau. Et je sens que si un seul son sort de ma bouche, ils vont déborder. Alors, j'empoigne ma valise en évitant son regard et sa question. Mon voyage en autocar a été nul, je suis victime d'un vol pour la première fois de ma vie, ma tante préférée a eu un accident et c'est une étrangère qui m'accueille à sa place. Vite, des pensées positives dans ma tête, sinon je vais craquer. Comme par magie, le dernier grand rêve que j'ai écrit dans mon cahier me vient à l'esprit, le numéro trois de ma liste. Ça me fait rougir rien que de me l'imaginer…

— Ne sois pas inquiète pour ta tante, Roxanne. Et bienvenue à Montréal !

En prenant l'ascenseur menant à leur condominium au vingt et unième étage, je réfléchis à la conversation que nous avons eue dans le taxi, Cybèle et moi. Elle m'a raconté en détail l'accident de ma tante et je lui ai parlé du vol de mon sac. Elle m'a convaincue de le signaler à la police, alors je vais le faire ce soir, avec Annabelle. Ma tante est procureure de la Couronne[2] au Palais de justice, alors ces choses-là ne lui font pas peur. Justement, la mésaventure d'Annabelle est survenue tout près de son lieu de travail, ce matin. Elle avait oublié un dossier important à son bureau. Un peu en retard sur son horaire, elle voulait

---

2. Procureur : Au Canada, magistrat chargé de l'accusation dans un procès.

quand même le récupérer avant de venir me chercher. Ma tante a donc descendu l'escalier de l'Allée des huissiers à toute vitesse en souliers... à talons aiguilles dernier cri! Elle était presque arrivée en bas lorsqu'une fissure sur une marche l'a arrêtée net. Le talon haut de son soulier est resté prisonnier de la fente et crac! Annabelle est tombée, le pied renversé, hurlant de douleur. Sa cheville s'est cassée aussi facilement qu'un biscuit salé qu'on écrase dans un bol de soupe.

— Nous y sommes, Roxanne. Viens, entre!

— Wow! C'est immense!

— On est un peu pressées. Je te ferai visiter en revenant de l'hôpital.

— OK.

Je zieute un peu partout en suivant Cybèle. Le hall d'entrée est de la même dimension que ma chambre!

— Tiens, dépose ta valise ici, dans mon atelier. Au fond, il y a un canapé-lit très confortable.

— Tu peins?

— J'ai deux passions, la peinture et mon travail de professeure d'arts plastiques.

— C'est génial !

— J'aime bien ce que je fais. Annabelle m'a dit que tu adores dessiner, toi aussi.

— Oui. Je vais suivre des cours de dessin cet automne.

Cybèle me sourit avant de quitter la pièce. Elle me fait penser à ma mère avec ses cheveux roux enroulés en chignon et son petit côté maternel. Et sa silhouette maigrichonne me rappelle les échalotes de notre jardin. Elle a l'air vraiment chouette, cette fille. J'ai l'impression d'avoir plus d'affinités avec elle qu'avec la dernière copine d'Annabelle. Ma tante a habité avec Michèle, une juge, pendant une dizaine d'années dans une grande maison de l'ouest de la ville, mais elles ont fini par se séparer. En fait, je crois que Michèle a quitté Annabelle pour une autre. J'ai entendu ma mère discuter avec sa sœur au téléphone plusieurs fois, tentant de la consoler. J'espère qu'avec Cybèle, ça va marcher, parce qu'une peine d'amour, ça fait très mal, on dirait.

— Roxanne, je suis prête. Tiens ! Si tu veux, on peut prendre le métro pour se rendre à l'hôpital, la station est à côté. J'aimerais te montrer quelque chose de super beau.

— OK!

— Oh, une minute! Il y a des messages sur la boîte vocale.

Ma mère… Elle a appelé trois fois! Sur le dernier message, sa voix tremble. Je lui avais promis un coup de fil aussitôt arrivée chez Annabelle, mais quand même, elle exagère.

— Allo, papa!

Je suis contente d'entendre mon père. Avec lui, rien n'est jamais compliqué. Je le rassure en dix secondes, je lui raconte l'accident d'Annabelle en moins d'une minute, puis je lui jure de téléphoner sans faute à ma mère au retour de l'hôpital, quelle que soit l'heure. Je ne dis pas un mot à propos du vol. La mauvaise nouvelle attendra ce soir.

Lorsque nous arrivons à la station de métro Champ-de-Mars, je reste bouche bée devant la beauté des vitraux.

Je ne peux pas croire que c'est un métro. Les tons vifs, la lumière... un vrai chef-d'œuvre! Cybèle m'explique que ces vitraux occupent les trois baies vitrées de l'édicule[3].

Je suis trop gênée pour lui demander ce que ça veut dire, édicule. Quoi qu'il en soit, les rares fois où j'ai vu des stations de métro, elles étaient tout le contraire de celle-ci, c'est-à-dire ordinaires et déprimantes. À l'intérieur, une mezzanine immense, beaucoup plus vaste que celle de notre grange, occupe l'espace. Le soleil intense de juillet pénètre à travers les vitraux. C'est fou, ça donne l'impression que de grandes formes multicolores dansent tout autour de nous. Les belles couleurs qui jaillissent des fenêtres se rendent jusque sur les quais. L'effet est magique!

— Le gars qui a fait ça a de l'imagination!

— J'étais certaine que ça te plairait. Juste un détail, l'artiste est une femme

_____
3. Édicule: Construction de taille réduite qui, comme les toilettes ou un kiosque, est bâtie ou placée sur la voie publique. Édicule d'une station de métro, d'un arrêt d'autobus.

38

qui s'appelle Marcelle Ferron[4]. Elle peignait, aussi.

Cybèle me sourit. Nous avons vraiment les mêmes goûts en arts. Pendant un petit moment, j'ai oublié la malchance qui me poursuit. Quand les portes du métro se referment, je savoure une dernière fois cette belle lumière, car dans quelques secondes nous foncerons tout droit dans les ténèbres.

4. Marcelle Ferron (1924-2001) était une figure importante sur la scène de l'art contemporain au Québec.

Demi-tour

Je suis au beau milieu du tourbillon de la ville, comme dans mes rêves. Un peu étourdie par le va-et-vient de la rue, je traverse le grand boulevard qui mène à l'hôpital, collée à Cybèle. Les sourires sur le visage des passants se font rares, mais pas les coups de klaxon! Et les cyclistes montréalais qui zigzaguent entre les obstacles pratiquent vraiment un sport extrême!

— Roxanne, on est arrivées!

Avant d'ouvrir la porte de l'hôpital, Cybèle fouille dans sa sacoche pour donner de la monnaie à un jeune mendiant. Je suis loin d'être une experte en itinérance, sauf que les clochards que j'ai vus auparavant étaient vieux ou bien en avaient l'air… Ce garçon-là doit avoir plus ou moins vingt ans. Je ne sais pas trop quoi penser. Mais c'est triste.

Incroyable! Il y a autant de personnes à l'intérieur de l'hôpital qu'en dehors! La salle d'attente déborde de gens, les corridors sont surchargés de civières toutes occupées, plusieurs familles recherchent leurs proches, tandis que le personnel court dans tous les sens. Comment trouver Annabelle dans ce grand remue-ménage? Le comptoir de renseignements, évidemment, j'aurais dû y penser. Cybèle s'y dirige en me faisant signe de la suivre.

— Bonjour! J'ai laissé mon amie Annabelle Morin à l'urgence ce matin.

— Un instant! Au fond du couloir, salle 109.

Enfin! Je vais revoir ma tante! Comme Cybèle, je tente d'éviter les civières, les solutés et les gens dans le couloir. Lorsque nous arrivons à destination, la porte numéro 109 s'ouvre brusquement, laissant sortir un préposé au nettoyage avec son chariot. Nous entrons dans la pièce.

— Roxanne! Je suis si contente de te voir!

Je fige net devant Annabelle. Je n'ai jamais vu ma tante dans cet état. Elle ressemble à une pauvre poupée abandonnée dans un grenier. La première chose qui me frappe, ce n'est pas son pied dans le plâtre, mais sa jaquette bleue d'hôpital qui flotte autour de son corps minuscule. Et ses cheveux! Ils vont dans tous les sens! C'est... disons, très... différent. Un peu intimidée, je m'avance en cherchant les mots appropriés et en espérant qu'elle n'ait pas lu dans mes pensées.

— J'ai une tête affreuse, hein?

Ravalant mes larmes pour la deuxième fois de la journée, je serre Annabelle contre moi, très fort. Je souhaite qu'elle ressente toute mon affection, pas ma déception. Et je m'en veux de l'avoir comparée à une misérable poupée. J'approche une chaise tout près en regardant ses beaux yeux vert tendre comme l'herbe après la pluie. C'est drôle, une lueur moqueuse y brille. Oh! Non! Elle a deviné mes pensées!

— Tu sais, pour moi, tu seras toujours la plus jolie des tantes, quoi qu'il arrive!

Nous éclatons de rire toutes les deux. Oups! Je veux dire toutes les trois.

Après un arrêt à la pharmacie de l'hôpital pour acheter des béquilles et un médicament antidouleur, nous sautons dans un taxi. Nous arrivons au condo en fin d'après-midi. Annabelle n'a jamais voulu d'une voiture. À première vue, Cybèle non plus. Ce sont des adeptes de la marche, du vélo, des transports en commun et des taxis. Et quand elles ont besoin d'un véhicule, elles en louent un. Ah! Les bons côtés de vivre en ville...

Mon ventre gargouille, alors je suis ravie lorsque Cybèle dépose sur l'îlot de la cuisine une belle assiette turquoise remplie de morceaux de fromage, de biscottes et d'olives. Annabelle, tout en feuilletant des menus de livraison, repose son pied plâtré sur un pouf jaune citron. À l'unanimité, nous choisissons des mets chinois. J'en rêvais, mais je me voyais plutôt dans le quartier chinois devant un super buffet avec, tout autour, des lanternes, des dragons et plein de Chinois ! J'ai bien l'impression que le fameux sandwich à la viande fumée montréalais que je savoure à l'avance depuis des semaines est, lui aussi, bel et bien parti en fumée...

En plus, deux autres épreuves m'attendent avant l'arrivée du livreur.

— Annabelle, je commence par téléphoner à la police ou bien à ma mère ?

Ma tante, malgré son pied blessé, prend tout de suite la situation en main. Avant de signaler le vol, elle communique avec le département des objets trouvés de la gare d'autocars de Montréal.

— Oui, rose fluo...

— Un instant, madame.

— ...

— Nous avons un sac à dos de cette couleur, mais...

— Vous l'avez trouvé?

— Euh, il semble vide.

— Je m'en doutais bien.

— Ah! Attendez! Au fond, il y a un paquet de mouchoirs, un aiguisoir et un crayon. C'est tout. Désolé.

— Je vous remercie. Nous irons le récupérer demain.

Ce voyou est fou. Qu'il ait trouvé le rose fluo de mon sac trop voyant et qu'il l'ait laissé tomber, je comprends. Ce qui me dépasse, c'est le vol de mon cahier à dessins. Des feuilles blanches, une esquisse de... Ce bandit croit-il que mon étrange clown est une œuvre d'art qui vaut une fortune? Et pourquoi a-t-il pris ma bouteille d'eau à moitié pleine? Il faut dire que s'enfuir comme un voleur quand on est un voleur, ça assoiffe sans doute... Ce qui me fend le cœur, encore plus que le vol de mon MP3, c'est la disparition de mon beau blouson en jean. L'année dernière, Annabelle me l'avait offert pour mes douze ans. Quand j'y pense, ça me donne des boutons. Et il m'en pousse d'autres quand je réalise que l'argent que j'ai économisé à la sueur de mon front pour l'achat de LA paire de jeans de mes rêves servira plutôt à remplacer mon MP3. La musique l'emporte sur la mode, et mon budget restreint ne me laisse pas le choix. De toute façon, ma tournée des boutiques avec Annabelle tombe à l'eau, ainsi que ma semaine à Montréal, c'est clair comme de l'eau de roche.

— Ne fais pas cette tête, Roxanne. Tu sais, téléphoner à ta mère, ce n'est pas la fin du monde.

— Hum… oui. Maman ?

À la minute où j'entends sa voix, mes larmes refoulées se défoulent. Un vrai déluge ! Cybèle se précipite à la recherche de mouchoirs, tandis qu'Annabelle, tout près, me prend l'appareil des mains.

Dring… dring… La sonnerie de l'interphone retentit à l'intérieur du condo.

Même les mets chinois arrivent à un bien mauvais moment.

Allongée dans l'immense baignoire à remous, je laisse les puissants jets d'eau me pétrir comme si j'étais de la pâte à pain. Je regarde mes orteils tout plissés sans vraiment les voir en pensant à la longue délibération de ma mère avec Annabelle. Tout à l'heure, ma sentence est tombée et demain, ma tante et sa blonde vont me ramener à la maison. Je retourne à la case départ, la queue de cheval pas mal basse.

— Roxanne! Tout va bien?

Derrière la porte, Cybèle s'inquiète. Dans ma bulle, ballottée parmi celles qui parfument l'eau du bain, je n'ai pas vu le temps passer. Je me sens bien dans mon cocon, à part de légers frissons qui parcourent tout mon corps.

— J'arrive dans cinq minutes!

J'essuie mon corps mouillé avec une serviette de bain bleue, épaisse et moelleuse. J'enfile ensuite mon pyjama neuf en coton mauve parsemé de pois blancs. Je sens bon la lavande. Dire que j'aurais pu me prélasser ici pendant toute une semaine...

En fin de soirée, j'entre dans la chambre à coucher d'Annabelle et de Cybèle, où ma tante m'attend pour me souhaiter bonne nuit. Très chic dans son peignoir en soie crème, Annabelle ressemble à une reine étendue sur son lit, la tête haute sur sa pile d'oreillers. Ses cheveux, qu'elle porte très courts, sont aussi blonds que les blés de nos champs.

— Tu viens me border?

D'un sourire chaleureux et d'une petite tape sur l'édredon, ma tante m'invite près d'elle. Annabelle a toujours eu le don de désamorcer les drames, tout le contraire de ma mère. Je m'assois sur le lit en prenant garde à son pied blessé qui repose sur un gros coussin rayé.

— Ça te fait mal?

— Un peu, mais ça va aller. Tu sais, je suis vraiment désolée...

— Ce n'est pas ta faute.

— L'année prochaine, si tu veux, tu resteras deux semaines. On aura plus de temps à nous.

— Ce serait parfait.

Pour moi, l'été prochain, c'est dans mille ans!

— En plus des boutiques et des restaurants, j'ai pensé à un ou deux musées qui pourraient t'intéresser, le...

— Cybèle m'en a parlé dans le métro.

— Nous irons à La Ronde, bien sûr. Il faudra que je te montre la Grande Bibliothèque, et...

— Tu sais, on a bien le temps d'en reparler.

— C'est toi qui as raison. Approche!

Annabelle me fait un gros câlin tout en me chuchotant à l'oreille qu'elle m'aime beaucoup, beaucoup. Moi aussi, je l'adore. Mais quand elle se prend pour une diseuse de bonne aventure, ça m'énerve.

Cybèle m'attend dans son atelier. Le sofa est déjà transformé en lit.

— S'il te manque quelque chose, Roxanne, ne te gêne surtout pas.

— Merci. Eh! J'ai oublié de te demander, tout à l'heure... Qu'est-ce que ça veut dire, les formes multicolores sur ta grande toile blanche?

— Un ami m'a demandé de reproduire une œuvre de Borduas[5] avec des petites modifications. Pour la décoration de son salon, il voulait plein de couleurs, pas juste du noir. La toile originale s'appelle *L'étoile noire*. Ça te plaît?

— C'est... un peu spécial.

— Quand tu reviendras l'année prochaine, nous irons visiter le Musée

---

5. Paul-Émile Borduas (1905-1960) est un peintre, sculpteur et professeur québécois connu pour ses œuvres abstraites.

des beaux-arts et aussi le Musée d'art contemporain. Un autre incontournable, c'est...

— Cybèle, excuse-moi, j'ai... j'ai un peu mal au cœur. Je vais aller à la salle de bain.

— Pauvre petite ! Peut-être que les mets chinois...

Au secours ! Je ne peux plus entendre parler de l'an prochain ! Ni des musées, ni des boutiques, ni des restaurants, ni de rien. Mon rêve numéro deux s'est mué en cauchemar. C'est ça qui me reste pris en travers de la gorge, pas juste le chow mein au poulet.

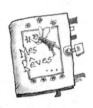

Quand je reviens dans la chambre d'amis, je vois bien que Cybèle est toujours inquiète pour moi. Elle m'a apporté une pile de magazines, un verre d'eau et un bol, au cas où. Je la rassure, lui dis un gros merci et lui souhaite une bonne nuit. Cybèle est vraiment gentille, mais j'ai quand même hâte de me retrouver toute seule.

Le lit, malgré la couette violette et les deux oreillers gigantesques, ne m'inspire pas. Les magazines non plus. J'éteins toutes les lumières, sauf une petite lampe de lecture posée sur une table à côté du sofa. Curieuse, j'entrouvre les rideaux. Wow ! De cette hauteur, la vue est impressionnante ! Montréal brille de mille et une couleurs ! Au moins, là, je ne suis pas déçue. Chez nous, à part la lueur des étoiles, les nuits sont noires comme dans la gueule d'un loup. Au lieu de tirer les rideaux, je les ouvre encore plus, hypnotisée par le spectacle. Je reste le nez collé à la vitre jusqu'à ce que je tombe de sommeil. Puis, rassemblant mon courage, je prends mon élan avant de sauter dans le lit. J'ai un peu peur des monstres qui pourraient se cacher en dessous...

5

La légende
de la Noyée

Cybèle est allée louer une voiture tôt dans la matinée, ni trop grosse ni trop petite, du même gris que nos souris. À dix heures pile, c'est le départ. Je franchis le seuil du condo avec une boule dans la gorge.

Avant de quitter Montréal, nous prenons la direction de la gare d'autobus. Je tiens absolument à récupérer mon sac à dos. Cybèle m'accompagne tandis qu'Annabelle, bien malgré elle, nous attend à l'intérieur de l'auto. À la minute où la préposée aux objets perdus me remet mon sac, je m'accroche à lui comme à une bouée de sauvetage jusqu'à ce que nous soyons en sécurité dans la voiture. C'est à ce moment-là, en tâtant mon précieux sac, que je réalise qu'il est vraiment vide. Je me sens pareille à lui. Aujourd'hui, même le son des klaxons me laisse de glace.

Cybèle me jette un coup d'œil dans le rétroviseur avant de se faufiler à travers le trafic. Je m'installe près de la portière pour regarder la ville une dernière fois. Les rues défilent lentement sans que je les remarque vraiment, puis... Zut! Eux, ils me sautent aux yeux! Les super manèges du parc d'attractions, en bas du pont Jacques-Cartier...

— Roxanne! Tu vois les montagnes russes? Je te promets que l'année prochaine, nous viendrons ici en premier!

— ...

Sans le vouloir, Annabelle vient d'enfoncer un couteau dans ma plaie grande ouverte. Et comme un malheur n'arrive jamais seul, elle et Cybèle tentent de me faire participer à leur conversation tout au long de l'interminable trajet du retour. Au secours ! Mon MP3 me manque !

— Wow ! Toutes ces belles montagnes, c'est magnifique !

Les deux mains agrippées au volant, Cybèle se pâme devant le paysage qui nous entoure depuis que nous avons quitté Québec. J'espère qu'elle garde aussi son attention sur la route. Après une éternité, j'aperçois au loin notre grange tout orange. Annabelle s'excite.

— Cybèle, ralentis. Tu vois la grande maison blanche à ta droite ? Et la grange orange ?

Ma tante a été une excellente guide tout le long du voyage. Par chance, car j'étais si zombie que j'aurais été incapable de diriger qui que ce soit.

J'ai comme l'impression bizarre d'avoir joué au jeu de Monopoly. J'étais certaine de conquérir Montréal sans problème quand paf ! un coup de dés fatal m'a fait tirer la mauvaise carte et, du coup, renvoyée à la case départ.

Ma mère tâche de replacer quelques mèches rebelles en venant à notre rencontre. Mon père, qui arrive de l'étable, est suivi de près par mes frères. Mes parents ont un drôle d'air, à la fois accueillant et désolé. Matis et Félix, eux, semblent intimidés par Cybèle qui les regarde, incrédule.

— Vous vous ressemblez vraiment comme deux gouttes d'eau!

Félix, le plus hardi, lui révèle leur différence.

— La seule chose pas pareille, c'est que Matis a un gros...

— Non! Menteur!

— Oui! Il a un grain de beauté gigantesque sur une fesse.

— Il exagère!

— Vous savez, moi, je vous trouve tous les deux adorables!

Mes frères redressent la tête, fiers comme des paons, tout en devenant plus rouges qu'un homard bouilli. Et ils cessent enfin de jacasser, ce qui fait mon affaire.

Après des embrassades à n'en plus finir, mon père porte nos valises à l'intérieur, assisté par les jumeaux. Ma mère se montre pleine d'attentions pour sa petite sœur blessée et Cybèle les accompagne dans l'allée bordée de pivoines. Mon père ressort de la maison, aide Annabelle à monter les marches de la galerie, s'excuse et retourne à son travail. Moi, je n'ai qu'une seule envie : fuir ! Pour l'instant, je n'ai pas le goût de jaser ni même de téléphoner à mon amie Aurélie. En tout cas, pas aujourd'hui. Et pour ce qui est de mes jeunes frères, sauve-qui-peut !

— Maman, je reviens tout de suite...

J'arrive tout essoufflée à la grange. À l'intérieur, Maurice est couché sur la première marche de l'escalier, bien décidé à ne pas bouger. Je le caresse quelques secondes avant de l'enjamber, puis je grimpe à toute vitesse jusqu'à la mezzanine. Lorsque j'aperçois mon fauteuil, je m'effondre dedans de tout mon long, anéantie. Tout à coup, une envie folle me traverse l'esprit. Je vais effacer de mon carnet ce mauvais rêve...

— Roxanne?

— Oui, papa?

— Descends, Cybèle est ici. Elle aimerait bien que tu lui fasses visiter la ferme.

— ...

— Roxanne?

— OK! J'arrive!

Impossible de dire non même si tout ce que je souhaite, c'est ruminer mon chagrin tranquille. J'enjambe de nouveau Maurice qui n'a pas bougé d'un poil. Cybèle se tient près de l'entrée de la grange, à côté de mon père. Notre chatte s'approche d'eux.

— Oh! Qu'elle est mignonne!

Françoise frôle les jambes de Cybèle en ronronnant, se laissant gratter les oreilles avec plaisir. Notre vieille chatte a plus d'un tour dans son sac pour attirer l'attention et... les caresses!

— Bon, je vous laisse. À plus tard!

Mon père me regarde du coin de l'œil avant de s'en aller. Il a deviné ce que je pense. Mon cher papa a toujours beaucoup de travail, je le sais, car en plus de la ferme, il répare des petits moteurs

dans son atelier. Sauf que, pour une fois, il pourrait faire une exception et rester avec nos invitées. Cybèle, tout en continuant de flatter Françoise, me reluque de temps en temps. Elle sent mon humeur noire, j'en suis certaine. Je ne veux surtout pas la rendre mal à l'aise avec mes états d'âme, alors j'ajoute un soupçon d'enthousiasme dans mon ton de voix.

— Tu viens, Cybèle ? Je vais te présenter notre cheval Nova. Son enclos extérieur est près d'ici.

— Tu ne me fais pas visiter la grange, avant ?

— Les animaux sont tous à l'extérieur, sauf Maurice, notre matou, et quelques souris. Il y a beaucoup d'araignées, aussi, et l'odeur à l'intérieur est... prenante.

J'ai volontairement exagéré pour accélérer la visite. Dans le fond de mon cœur, j'adore la grange, l'odeur du foin et, bien sûr, mon refuge. Je commence déjà à regretter mes paroles. Cybèle me sourit quand même et n'insiste pas.

— Si tu préfères, Roxanne, on remet ça à demain.

— Ça va aller.

Nova nous voit arriver de loin et, aussitôt, il galope dans notre direction. Sa longue crinière noire flotte au vent, donnant l'impression qu'il va s'envoler ! À la barrière, l'étalon s'arrête brusquement devant moi et secoue la tête en hennissant. C'est sa façon de me dire bonjour.

— Il est impressionnant ! Oh ! La belle étoile blanche sur son front, on dirait une...

— Nova !

Cybèle éclate de rire.

— Tiens ! Donne-lui une carotte !

Du bout des doigts, un peu craintive, Cybèle tend le légume à Nova. Notre cheval n'hésite pas une seconde et hop ! Avec sa gigantesque bouche, il happe ce festin, tout content. Cybèle, plus confiante, caresse le cou de Nova qui attend, de toute évidence, une autre carotte. Au même moment, notre attention est attirée par les clochettes des vaches qui arrivent du champ en délégation plus ou moins ordonnée. Peut-être bien qu'elles aussi se sont ennuyées de moi.

— Je te présente Odélice, Mousseline et Blandine.

Cybèle reste figée, n'ayant manifestement jamais côtoyé une vache de si près. Sans aucune gêne, la gourmande Odélice sort sa grosse langue pour lécher ma main, puis attrape celle de Cybèle.

— Oups ! C'est...

— ... une vache qui veut de la crème glacée !

Cybèle me regarde, décontenancée. Je lui souris, cette fois-ci pour de vrai. Après, je l'entraîne voir notre coq Charlie et nos poules. Les pauvres ont toutes un prénom choisi par mon père. Il y a la Blanche, la Rousse, la Noire, la Brune, la Grise et la Jaune. Ensuite, nous faisons un petit arrêt à la porcherie, où Ratatouille et Patapouf se goinfrent goulûment. Cybèle les observe, amusée.

— Ils sont énormes !

— C'est parce qu'ils seront bientôt prêts à être mangés.

Le visage grave, Cybèle ne dit plus un mot jusqu'à ce que, un peu plus loin, elle craque pour nos lapins.

— Oh ! Comme ils sont mignons !

— Tiens ! Prends-en un.

Je dépose Max, qui tremble de peur, au creux des bras de Cybèle. Elle le maintient contre sa poitrine et le cajole avec délicatesse. Sans même s'en rendre compte, Cybèle berce notre lapin tout blanc de la même manière qu'elle tiendrait un bébé. Elle ferait une excellente mère !

— Roxanne… Tu es chanceuse d'avoir tous ces animaux près de toi !

— Mon amie Aurélie me dit souvent la même chose.

— Il te manque juste un chien. Vous n'en avez pas ?

Aïe ! Un autre coup de couteau en plein cœur ! Un chien, j'en veux un depuis toujours ! J'envie tant nos voisins d'avoir Louna. Le mot *chien,* je l'ai écrit en gros caractères avec mon stylo rose fluo sur la toute première ligne de mon carnet de rêves.

— Ma mère s'est fait mordre le nez par un gros chien lorsqu'elle était petite. Alors, peu importe la façon dont j'aborde le sujet, c'est non. Et je l'ai abordé des millions de fois.

Cybèle n'insiste pas. Elle me remet Max qui, tout content, saute dans l'enclos rejoindre Atchoum, Babine et Praline.

— Merci pour la visite, Roxanne.

En silence, nous empruntons le sentier qui mène à la maison. Le vent chaud de juillet, en cette fin d'après-midi, est doux. Dans le ciel, les nuages se comptent sur les doigts de la main. Cybèle hume l'air à pleins poumons et, incapable de rester muette plus longtemps, elle s'écrie :

— C'est tellement beau !

— Tu vois les montagnes devant toi, celles à droite ? Quand on les regarde d'un certain angle, on peut imaginer le corps d'une femme. Elle est étendue sur le dos, à demi submergée, laissant à découvert son ventre gonflé, son buste, le profil de son visage et sa longue chevelure qui flotte sur l'eau.

Cybèle plisse les yeux, penche la tête, recule dans l'espoir d'apercevoir quelque chose.

— Ça vient d'une vieille légende, « La Montagne de la Noyée ».

— Raconte-la-moi !

— Il y a plusieurs versions.

— Choisis celle que tu préfères.

Je raconte à Cybèle que cette légende tragique remonte à l'époque des premiers Amérindiens. Un chef de tribu aurait interdit le mariage de son fils et de celle qui portait secrètement dans son ventre le fruit de leur passion. Aveuglés par le chagrin, les deux amants se seraient séparés et, dans le désespoir, ils seraient allés noyer leur amour au fond de l'eau.

— C'est épouvantable !

— Quand les eaux se sont retirées, le dieu de l'amour aurait fait apparaître la Montagne de la Noyée sur un flanc et de l'autre côté, plus discrète, la Face de l'Indien.

Cybèle continue de scruter l'horizon bleuté sans ajouter quoi que ce soit d'autre.

6

Appel à l'aide

En ce début d'après-midi, Annabelle
et Cybèle sont sur le point de retourner
à Montréal malgré nos protestations. Ma
tante, avec son pied blessé, préfère être
dans ses affaires, mais je la soupçonne
surtout de ne pas vouloir être un fardeau
supplémentaire pour ma mère. Elle nous
promet qu'elle reviendra avec Cybèle
pour les vacances de Noël.

Près de la voiture, les remerciements
et les baisers, de part et d'autre, s'éter-
nisent de nouveau. Matis et Félix, moins
intimidés, font semblant de se sauver
devant l'avalanche de caresses qui s'abat
sur eux. Ma mère, incapable de s'en

empêcher, a préparé aux filles un sac rempli de sandwichs, de crudités et de fruits pour la route. Comme si quelqu'un muni d'un estomac normal pouvait encore avoir faim après le repas gargantuesque d'hier soir, le copieux petit déjeuner de ce matin, sans parler du dîner qui nous a tous laissés plus que rassasiés. Quand ma mère a de la visite, elle en profite ! Annabelle, appuyée sur ses béquilles, me fait signe de m'approcher d'elle. Son pied plâtré, que nous avons transformé hier soir en œuvre d'art, flashe joliment et lui donne un style à part.

— Roxanne, n'oublie pas que l'été prochain, nous t'attendons !

Un peu déséquilibrée, elle s'appuie sur moi tout en me serrant très fort contre elle. Cybèle, avant de l'installer sur le siège avant, me donne deux becs sur les joues. Dans ses yeux aussi noirs qu'un tableau, je lis combien elle est désolée. Pas autant que moi.

70

Quand la voiture disparaît de notre champ de vision, mon père s'éclipse en direction de son atelier alors que ma mère continue de regarder au loin. Elle a une mine triste que je lui vois rarement. Mes frères, qui, depuis hier et sur ordre de mes parents, devaient s'efforcer d'être les plus sages possible devant les invitées, lâchent leur fou. On dirait un barrage qui cède. À tour de rôle ou en équipe, ils essaient de me faire tomber avec des prises de lutte plus ou moins compliquées. D'habitude, je me serais lassée de leur jeu idiot en deux secondes et ma mère aurait arrêté nos tiraillements en deux mots. Mais, tout comme elle, je laisse aller mon regard sur la route, encore bouleversée. Sauf que mes frères vont finir par m'avoir.

— Matis! Félix! Faites de l'air!

— Dis que nous sommes les plus forts, avant!

— Et les plus gentils aussi!

— Laissez-moi tranquille!

Mes frères, surexcités, font la sourde oreille. Pas ma mère.

— Arrêtez vos enfantillages! Les gars, allez aider votre père. Et toi, Roxanne, tu me donnes un coup de main au jardin?

J'ai horreur d'arracher des mauvaises herbes. Je voudrais refuser, mais aucune défaite valable ne me traverse l'esprit. Et je ne me sens pas le courage de lui faire encore plus de peine. Alors, comme une condamnée aux travaux forcés, je lui emboîte le pas. Quand je pense que j'aurais dû être à Montréal avec Annabelle à savourer un cocktail sans alcool à une terrasse grouillante de monde, je sens venir un gros coup de chaleur.

La journée a été éprouvante. Je me tortille dans mon lit, pareille à un ver de terre sur le point d'être accroché à un hameçon. Même si j'ai compté un nombre incroyable de moutons, je n'arrive pas à m'endormir.

Dring… Dring… Dring…

Je me redresse dans mon lit. Qui peut bien téléphoner à cette heure-ci? J'entends la voix de mon père, puis celle, plus forte, de ma mère. Les gloussements de Matis et Félix ne se font pas attendre. Inquiète, je me lève et au même moment, la porte de ma chambre s'ouvre. C'est mon père, en caleçon, les cheveux en bataille.

— Je vais avec ta mère chez monsieur Turcotte. Leur chienne a un accouchement difficile et madame Turcotte est à Québec avec le Cercle de Fermières. Le vétérinaire ne répond pas. Tu t'occupes de tes frères, OK?

Mon père tourne les talons sans que j'aie le temps de lui répondre quoi que ce soit. Il faut que j'agisse, et vite. En un temps record, j'enfile un vieux jean, mon chandail préféré usé jusqu'à la corde et des espadrilles sans bas. Au diable les petits détails. C'est moi qui dois me rendre chez les Turcotte, pas ma mère. Elle a une peur bleue des chiens! Et Louna est un berger allemand, très gentille, mais énorme.

— Papa! Attends!

Je dévale l'escalier jusqu'en bas et je me retrouve nez à nez avec ma mère. Elle est blanche, autant qu'un linge.

— Maman! Je veux y aller! Toi, tu as une phobie des chiens et...

— Je sais, mais ton père insiste. Et je pense que j'ai un peu plus d'expérience dans les accouchements que toi. En plus, je ne peux pas dire non à ce vieux monsieur Turcotte, tu sais combien il aime sa chienne.

Je me précipite à la cuisine, où mon père cherche ses clés.

— Papa ! Emmène-moi ! Je veux dire emmène-nous ! Je peux garder Matis et Félix chez monsieur Turcotte. Si tu as besoin de quelque chose, je serai tout près.

— Vous avez une minute pour vous préparer.

Sans prendre le temps de lui dire merci, je remonte les marches deux par deux. Le souffle court, je pénètre dans la chambre de mes frères.

— Nous sommes prêts !

Ils ont crié en chœur, debout comme des soldats au garde-à-vous. Je les soupçonne d'avoir espionné en haut de l'escalier… Mais bon, pour une fois qu'ils ne lambinent pas.

— Allez, on se grouille !

Nous dévalons l'escalier en même temps, moi devant, mes frères derrière. En bas, mes parents nous regardent

74

tous les trois, l'air découragé. Matis et Félix, en dépit de la chaleur, ont enfilé sur leurs têtes la tuque des Canadiens de Montréal et gardé leur pyjama imprimé, Batman pour Félix et Spiderman pour Matis. En plus, mes frères ont le sourire fendu jusqu'aux oreilles, un peu trop, vu les circonstances.

Par chance, mon père, trop pressé pour changer d'idée, nous fait signe de les suivre. Ma pauvre maman, déjà dans sa bulle, ne dit rien non plus. Ouf! Elle serre sa trousse de premiers soins contre sa poitrine comme si elle tenait un bouclier. Lorsque nous entrons à l'arrière de la voiture, mes frères et moi, je leur fais de gros yeux pour qu'ils se taisent. Quand mon père met le moteur en marche, ma mère pousse un profond soupir. Avant de boucler sa ceinture, elle nous jette un rapide coup d'œil. Malgré la noirceur, je vois bien qu'elle est terrorisée.

— Bon, Huguette, on y va?

On entend un grognement affirmatif. Je crois que ma brave maman est prête à affronter son cauchemar…

7

Louna

En voyant notre voiture arriver, monsieur Turcotte vient à notre rencontre à grands pas malgré ses quatre-vingts ans. Sa voix tremble.

— Oh! Merci d'être venus! J'ai installé Louna dans la chambre d'amis et… et… on dirait que ça se passe plutôt mal.

Monsieur Turcotte ne fait aucun commentaire à propos de notre présence. En fait, il semble si désemparé que je ne sais même pas s'il nous a remarqués, mes frères et moi. Louna, c'est un peu l'enfant qu'ils n'ont jamais eu, sa femme et lui. D'un geste nerveux, il nous fait signe de le suivre. En entrant dans la maison, ma mère saisit la main de mon père. À l'intérieur de la vaste cuisine, ça sent bon, un mélange de tarte aux pommes et de sucre à la crème.

— Matis! Félix! Vous allez écouter votre sœur!

Quand mon père emploie ce ton-là, il n'entend pas à rire. Mes parents suivent monsieur Turcotte jusqu'à la chambre. Sur le seuil, ma mère fige. Mon père l'encourage d'un sourire en l'entraînant avec lui dans la pièce, puis il referme la porte derrière eux. D'un bond, mes frères sont en poste, prêts à espionner. Félix colle son oreille sur la porte tandis que Matis essaie d'apercevoir quelque chose à travers la fente en dessous.

— Je ne comprends pas un mot!

— Je ne vois rien!

— Chut! Arrêtez de faire du bruit! Venez au salon, on va regarder un peu la télé.

— Génial!

— Génial!

De vrais perroquets, mes frères, mais ils me suivent au salon sans se faire prier. Pendant que je change de chaînes à la recherche d'une émission, Félix et Matis s'installent sur le tapis avec les coussins du sofa sous leurs têtes rousses.

Je m'assois tout près, sur la chaise berçante de madame Turcotte. Mon objectif est simple : que mes frères s'endorment au plus vite.

— Roxanne ! Pas un reportage sur les lions !

— C'est super plate !

— Chut ! C'est ça ou rien.

Frustrés, mes deux hyperactifs boxent avec leurs coussins.

— Arrêtez !

Mon ton copie celui de mon père. S'avouant vaincus, mes frères enfoncent leur tuque jusqu'aux yeux en se réinstallant devant le téléviseur. Une émission sur la faune en fin de soirée, c'est le somnifère parfait.

Une vingtaine de minutes plus tard, Matis et Félix dorment enfin. Moi, je suis bien trop excitée ! Je baisse le son de la télévision avant de m'approcher, tel un félin, de la chambre d'amis. Comme Félix un peu plus tôt, je colle mon oreille contre la porte. À part des chuchotements, des bruits de pas et des soupirs, rien. Enfin, rien qui indique que Louna a accouché. J'espère que tout se passe bien pour elle, et aussi pour ma mère. Et que bientôt j'entendrai des cris de chiots à travers la porte... qui s'ouvre!

— Tu nous espionnes?

Je me retrouve nez à nez avec mon père.

— Euh, je...

— Viens!

Mon père s'efface pour me laisser entrer. Des cris, à peine audibles, m'arrêtent net. Les chiots! Ils sont nés! Louna, installée sur un vieux tapis, se laisse téter par ses petits bébés chiens. Ma mère, le chignon à moitié défait, est agenouillée près de la nouvelle famille. En m'apercevant, elle m'invite à les rejoindre. La voir ainsi, à côté de l'imposante Louna, me fait tout drôle. Je suis vraiment fière de ma mère! Je passe devant monsieur Turcotte, assis sur le lit, qui regarde ses pieds au lieu de sa chienne adorée et ses petits. Il a sûrement un coup de fatigue. Tout émue, je m'approche de Louna et de ses chiots. Elle est couchée de tout son long, le regard vitreux, et c'est à peine si elle réagit en me voyant. Sa respiration est rapide, un peu comme lorsque je lui lance la balle dans le champ des dizaines de fois. Je jette un coup d'œil interrogateur à ma mère avant de m'accroupir auprès de ma chère Louna. Je caresse son long museau noir en lui disant des mots doux pour la rassurer. Ses beaux yeux brun caramel sont si pleins d'angoisse que je sens venir des larmes dans les miens. Je me tourne vers ma mère.

— Qu'est-ce qu'elle a, Louna?

— On dirait que... un de ses bébés n'a pas réussi à sortir.

— Comment ça?

— Ton père pense qu'il est coincé en elle.

— Qu'est-ce qui va arriver?

— Il faut que Louna soit opérée au plus vite. Ton père et monsieur Turcotte vont l'amener à l'urgence vétérinaire à La Malbaie.

— Louna ne va pas mourir?

Sans le vouloir, j'ai crié, alarmant du même coup monsieur Turcotte qui nous regarde, encore plus troublé. En plus, j'ai réussi à réveiller mes monstres de frères qui arrivent en trombe dans la chambre.

— Papa! Je veux voir les bébés chiens!

— Moi aussi!

Mon père freine l'élan de mes frères, les prend par la main et les emmène près des chiots.

— Oh! On dirait des bébés rats!

— Moi, je trouve qu'ils ressemblent à des...

— Bon! Il faut y aller! Monsieur Turcotte, vous m'avez dit qu'il vous restait du lait de brebis? En attendant, ce sera parfait. J'espère que vous avez des biberons...

— Ma femme ne jette rien. Dans un des tiroirs de la vieille commode au sous-sol, il doit y en avoir au moins un et le lait en poudre n'est pas bien loin sur une étagère.

— Huguette, je te laisse t'en occuper. Chez le vétérinaire, j'achèterai un *kit* pour chiots.

Monsieur Turcotte se lève à grand-peine, prend en passant une couverture en haut de la garde-robe et s'approche de sa chienne. Il a l'air si malheureux! Ma mère, ayant retrouvé sa présence d'esprit habituelle, ne perd pas une seconde et quitte la pièce en compagnie de mes frères. Mon père, après avoir posé la vieille couverture sous Louna, la soulève avec l'aide de son maître. Elle se laisse faire sans résister, son long museau pendant dans le vide. Avant qu'elle ne disparaisse, je lui fais une dernière caresse. Ses chiots, privés de leur mère, la cherchent en criant, s'agitent, se bousculent, se piétinent. J'ai le cœur tout à l'envers.

La nuit a été longue, je meurs de fatigue, mais c'est trop mignon, des chiots! Ils sont irrésistibles! Pour que les bébés chiens n'aient pas froid, ma mère a mis sous le tapis une bouillotte bien chaude. Et nous nous sommes relayées jusqu'au matin, elle et moi, pour nourrir ces quatre gloutons tandis que mes frères ont fini par s'endormir.

— Roxanne?

Mon père se tient sur le seuil de la porte. J'aperçois monsieur Turcotte derrière. Ma mère, qui s'était assoupie sur le lit à côté de mes frères, se réveille. Pas eux. Deux volcans qui sommeillent…

— J'ai une bonne nouvelle. Louna va mieux!

D'un seul coup, mon inquiétude s'efface. Je me redresse en douceur, espérant ne pas réveiller les chiots ni mes frères.

— Mais, où est-elle? Qu'est-ce qu'elle avait?

Mon père s'approche de moi tout en regardant ma mère à la dérobée.

— Le vétérinaire a dû l'opérer d'urgence. Le chiot était bel et bien coincé, incapable de sortir. Louna va rester à la clinique quelques jours.

— Et qu'est-ce qui est arrivé à son bébé?

— Il est mort.

Dans le fond de mon cœur, je m'en doutais. Ça me fait quelque chose. Ce chiot aurait été un frère ou une sœur de plus pour les quatre autres... qui viennent justement de se réveiller et qui sont encore affamés! Vite! Du lait! Ma mère se précipite à la cuisine pendant que je me jette au pied des bébés chiens qui se tortillent aussitôt en s'avançant dans ma direction.

— Tiens!

Ma mère me tend deux des quatre mini biberons remplis du nouveau lait pour chiots, réinstalle la bouillotte chaude sous le tapis avant de s'asseoir en face de moi. Chacune de notre côté, nous nourrissons les bébés chiens et ça me donne l'impression bizarre de jouer à la poupée avec ma mère. J'adore ça! Toutes les deux, nous contemplons les chiots qui s'endorment au creux de nos bras, le ventre plein. Puis, nous nous regardons dans le blanc des yeux. Je sais qu'elle sait ce que les miens veulent dire. C'est ce que je désire le plus au monde depuis que je sais prononcer ce mot. Mais au plus profond des siens, je ne vois rien, même pas une lueur d'espoir.

— Bon! Huguette, on va y aller. Il faut que je m'occupe des bêtes.

Ma mère et moi déposons les chiots endormis au milieu du tapis gris. Mon père tend la main à ma mère pour l'aider à se relever et je me lève aussi, heureuse de me dégourdir les jambes. Mon père me prend par les épaules.

— Roxanne, ça te dirait d'être la gardienne des bébés de Louna jusqu'au retour de madame Turcotte, cet après-midi?

J'admire ces petites merveilles blotties les unes contre les autres.

— Ce serait super!

Avant de s'en aller, ma mère me prépare les biberons que j'aurai simplement à réchauffer, et elle me donne mille et un conseils. Mon père, lui, secoue mes frères qui se réveillent, perdus et de mauvaise humeur.

— Papa! Il est six heures du matin!

— Papa! As-tu vu l'heure?

Matis et Félix bougonnent en réajustant leur tuque. Cette fois-ci, c'est moi qui leur fais des grimaces jusqu'à la porte d'entrée. Trop fatigués pour répliquer, mes frères se sauvent en courant vers la voiture. Monsieur Turcotte, l'œil humide, remercie mes parents de nombreuses fois et leur offre en cadeau... un des chiots! Mon père réagit le premier.

— Vous êtes gentil, monsieur Turcotte. Vous savez, nous avons déjà bien assez d'animaux à la ferme. Allez vous reposer un peu, la nuit a été longue. On se revoit bientôt!

Ma mère, elle, n'ajoute rien, mais nos regards se croisent avant qu'elle ne mette les pieds dehors. Je ne sais pas trop ce que le sien voulait dire.

8

Une pluie de rêves

— **R**oxanne ! Viens souper !

Je me réveille en sursaut dans mon lit, encore tout habillée. En fixant le ventilateur au plafond, les idées me reviennent peu à peu. Ouf ! Une nuit blanche, des chiots nouveau-nés affamés, ça m'a épuisée ! Madame Turcotte est arrivée, comme prévu, en début d'après-midi. J'ai dû tout lui raconter en détail, parce que monsieur Turcotte dormait à poings fermés. Depuis le départ de ma famille au petit matin, ses ronflements réguliers traversaient la porte de sa chambre. Madame Turcotte, loin d'être fatiguée par son voyage, a voulu prendre la relève tout de suite. Il faut dire que lorsqu'elle a vu les chiots, elle a craqué.

— Mon Dieu! De vraies copies de notre belle Louna!

— Dans la portée, il y a deux femelles et deux mâles.

— Quand ils auront huit ou neuf semaines, Roxanne, tu pourrais venir t'en choisir un.

— Euh, je crois que ma mère...

— On aura le temps d'en reparler. Viens! Je vais sortir une tarte aux pommes du congélateur et tu l'apporteras chez vous. Vous avez été assez fins.

Monsieur Turcotte, reposé et en pleine forme, m'a ramenée à la maison vers quatorze heures. J'ai réussi à me traîner jusqu'à mon lit, à moitié morte de fatigue, en saluant à peine ma mère. Je me suis endormie sur-le-champ sans compter un seul mouton.

— Roxanne! Ça va être froid!

Je descends à la cuisine sans même changer mes vêtements tout fripés. En m'assoyant à table, j'aperçois, à côté de mon assiette de pâtes aux légumes, une feuille blanche pliée en deux.

— C'est pour toi.

L'œil pétillant, ma mère m'indique la mystérieuse feuille. Mon père et mes frères retiennent leur fou rire alors que je la saisis pour la lire.

Contrat

Moi, Roxanne Veilleux, je m'engage à aller chez monsieur et madame Turcotte choisir un des chiots de Louna dans neuf semaines. Il est bien entendu que le chien ou la chienne habitera dans une niche à l'extérieur. Et que je m'occuperai de le ou la nourrir, de ramasser ses excréments, de l'éduquer, etc.

Date : _____

Signature : _____

Incrédule, je regarde ma mère. Elle me tend un crayon bleu, du même ton que ses yeux.

— Tu n'as qu'à signer. À moins que tu ne sois pas d'accord avec le contrat.

— Oh! Non! Tout est parfait!

Je saute dans ses bras, puis dans ceux de mon père.

— Moi, je veux un hamster!

— Non! Moi, je veux un serpent!

Mes parents éclatent de rire en entendant les requêtes des jumeaux. Je souris à peine, concentrée sur cet important bout de papier. Reconnaissante à jamais, je redonne le contrat signé à ma mère. Grâce à elle et à Louna, mon rêve numéro un se réalise. Enfin, je vais avoir un chien! C'est une énorme responsabilité, j'en suis consciente, mais je suis prête. J'attends ce moment depuis si longtemps...

En essuyant la vaisselle, je m'imagine déjà avec mon chiot. En plus, je sais lequel je vais choisir. Une des femelles ressemble énormément à Louna. Elle est presque toute noire, sauf ses pattes et son cou, qui sont fauves. On dirait qu'elle porte un collier d'or! Son nom sera Soky, Soky la belle. Après le chaudron, les deux plats en plastique et la fourchette qu'il me reste à essuyer, j'irai la dessiner. Et j'accrocherai mon dessin bien en évidence sur un mur de ma chambre pour rêver de Soky toutes les nuits. Mais avant, je veux annoncer la grande nouvelle à mon amie Aurélie.

Dring... Dring...

— Maman! Laisse faire! Je vais répondre. Allo!

— Salut, madame qui est revenue de Montréal sans me le dire...

— Aurélie! J'allais t'appeler. Devine quoi?

— Tu vas avoir un chien.

— Qui te l'a dit?

— Les nouvelles vont vite à la campagne.

— J'ai plein de choses à te raconter, Aurélie.

— Justement, est-ce que ça te tente de venir chez nous? Je prépare un feu de camp sur le bord de la rivière avec mon cousin.

— Ton cousin?

— Thierry, celui qui vit dans le Maine aux États-Unis. Tu t'en souviens?

— Bof! Un peu...

— Arrête de me faire rire... Tu m'as cassé les oreilles pendant des jours à me parler de lui.

— Pas tant que ça...

— Thierry est ici pour une semaine avec ses parents. Bon! Viens-t'en! Mon père ira te reconduire dans la soirée.

— J'arrive!

Je ne peux pas compter sur le mien, qui vient tout juste de partir en voiture. Il faut que je me dépêche. J'essuie les dernières gouttes dans le chaudron en promettant à ma mère d'être prudente, puis je m'envole vers la salle de bain. Au diable la douche! Je me débarbouille en quatrième vitesse sans oublier de brosser mes dents. Devant le miroir, je répète mes sourires tout en démêlant mes longs cheveux châtains qui seraient superbes avec des mèches plus foncées. Mais ma chère maman, trop mère poule, s'y oppose, même si j'aurai bientôt treize ans! Cette envie de changer de tête apparaît dans mon précieux carnet de rêves sous la rubrique «vœux secondaires», au côté

d'une dizaine d'autres. Vite! Un dernier arrêt dans ma chambre pour changer mes vêtements. Si au moins j'avais eu ma nouvelle paire de jeans…

Je pédale comme une folle sur le bas-côté de la route en visualisant mon rêve numéro trois.

Ça me fait rire rien que d'y penser. Mon premier baiser, je l'ai imaginé de mille et une façons, mais jamais avec un Américain! Tout à coup, mon rendez-vous manqué avec Montréal me fait moins mal. Après un sprint final, tout en sueur, je dévale le sentier qui mène à la rivière. Au loin, le soleil se couche déjà, laissant les montagnes de plus en plus seules. C'est vrai qu'elles sont belles…

Table des matières

Dominique Tremblay

Je suis née à Montréal en 1961 et j'y habite toujours. Après des études universitaires en création littéraire, mon rêve d'écrire a dû patienter, le temps que je remette mes idées en place à la suite d'un arrêt cardiaque. J'ai dû réapprendre à compter, à lire et à écrire pendant de longs mois avant d'avoir le bonheur d'être publiée.

Mon premier roman jeunesse, *À la folie!*, est paru en 2004. Mon deuxième roman, *L'huile à patates frites,* a été publié en 2009. Il se déroule en grande partie, tout comme le premier, dans l'est de Montréal.

Derniers titres parus dans la
Collection Papillon